AF496380

LA STATUE DE LOÜIS LE GRAND PLACE'E DANS LE TEMPLE DE L'HONNEUR.

DESSEIN DU FEU D'ARTIFICE dressé devant l'Hôtel de Ville de Paris, pour la Statuë du Roy, qui y doit estre posée.

A PARIS,
Chez NICOLAS & CHARLES CAILLOU, au premier Pavillon du College Mazarini, à la Constance.
M. DC. LXXXIX.
AVEC PRIVILEGE.

LA STATUË DE LOÜIS LE GRAND, *PLACE'E* DANS LE TEMPLE DE L'HONNEUR.

DESSEIN DU FEU D'ARTIFICE dressé devant l'Hôtel de Ville de Paris, pour la Statuë du Roy, qui y doit estre posée.

LE Respect, la Reconnoissance & la Pieté pour consacrer la memoire des grands Hommes, & pour conserver le souvenir de leurs actions illustres, ont introduit dans le Monde l'usage des Statuës. C'est ainsi que les Greçs & les Ro-

Effigies hominum non solebant exprimi, nisi aliquâ illustri causâ perpetuitatem

mains affecterent d'honorer leurs Magiſtrats, & en firent la recompenſe de la Vertu, & des prix remportez dans les Exercices militaires.

merentiū, primò ſacrorū certaminum victoria maximè Olympia, ubi omnium qui viciſſent Statuas dicare mos erat. Hones clientum inſtituit ſic colere Patronos. Plin. l. 34. c. 4.

La Ville de Paris penetrée depuis long-temps d'un ſentiment reſpectueux de reconnoiſſance pour les grandes choſes que le Roy a faites en ſa faveur, & pleine d'admiration pour les merveilles ſurprenantes d'un Regne auſſi glorieux qu'eſt celuy de LOUIS LE GRAND, ne s'eſt pas contentée d'avoir fondé à perpetuité un Panegyrique Latin, qui doit eſtre prononcé chaque année le quinze de May dans l'Univerſité: d'avoir fait graver en lettres d'or ſur des tables de marbre noir les principaux évenemens de la vie du Roy dans la Cour de l'Hôtel de ſes Aſſemblées, & d'avoir pris ſoin que l'Image de ce Monarque incomparable fût poſée en tous les endroits, où l'on a travaillé à l'élargiſſement des ruës pour l'embelliſſement & la commodité des paſſages: Mais pour apprendre à tous les Siecles ce que le Roy a fait pour la Religion, pour l'Etat, pour la Maiſon Royale, pour ſa propre gloire, & en faveur des Habitans de Paris, elle a voulu laiſſer à la Poſterité un Monument éternel de ſon zele & de ſa fidelité, en élevant une Statuë de bronze ſous le Portique du Palais, où ſes Magiſtrats ont accoûtumé de tenir leurs Aſſemblées.

Meſſieurs les Prevoſt des Marchands & Echevins,

pour accompagner ce Monument public de leur reconnoiſſance, d'un Spectacle qui invitât tous leurs Citoyens, & même les Etrangers à la joye, au jour ſolennel de la Dedicace de cette Statuë, ont ordonné que l'on dreſſât un Temple octogone à quatre faces & quatre retours, pour repreſenter le Temple de l'Honneur, dans lequel la Pieté, le Reſpect, la Fidelité & la Reconnoiſſance placent la Statuë de LOUIS LE GRAND, le Pere de la Patrie, le Deffenſeur de la Religion, le Protecteur des Arts & du Commerce, l'Amour de ſes Peuples, l'Auteur du Repos Public, l'Extirpateur de l'Hereſie, l'Arbitre de la Paix & de la Guerre, le Sage, l'Invincible, le Conquerant, toûjours Auguſte & toûjours Victorieux.

Les quatre grandes faces de ce Temple, ornées de Camayeux entre les Colonnes, & de Bas-reliefs avec des Inſcriptions, expoſent aux yeux de tout le Monde ce que le Roy a fait pour la Religion, pour l'Etat, pour ſa Dignité Royale, & en faveur de la Ville de Paris.

Sur les quatre retours ſont placées les Statuës de la Pieté, de la Fidelité, de la Reconnoiſſance & du Reſpect, avec des Bas-reliefs, des Deviſes & des Inſcriptions qui expriment ce que les Magiſtrats ont fait pour marquer les ſentimens reſpectueux de leur zele pour la gloire du Roy.

Ce Temple de ſoixante pieds de hauteur ſur trente-ſix de largeur, eſt d'un Ordre Compoſite, & les ſeize Colonnes qui portent tout l'Entablement de la Corniche & le Corps Attique sont feintes d'un marbre mêlé de quatre couleurs, symboles de la Pieté, du Respect, de la Reconnoissance & de la Fidelité.

Les Chapiteaux de bronze doré sont composez de Palmes & de Lauriers qui naissent d'une touffe de feüilles d'Acanthe & de Glayeuls, ou Fleurs de Lys, sur lesquels un Coq étend les aîles, dont il forme les Volutes, & porte le Tailloir du Chapiteau. Cet Oiseau est celuy du Soleil auquel il est toûjours fidele. Il paroît plein de Respect, de Pieté & de Reconnoissance pour cet Astre qu'il revere avant son lever, & saluë par ses chants & par des battemens d'aîles à certaines heures reglées.

L'Eglise, pour exciter ses Ministres à la Pieté, au Respect, à la Fidelité & à la Reconnoissance des graces qu'ils ont receuës du Ciel, leur propose l'exemple de cet Oiseau, quand elle leur fait chanter:

Gallus jacentes excitat, Et somnolentos increpat, Gallus negantes arguit, Gallo canente spes redit. Hymn. ad Laudes Domin.

Le Coq à son réveil
Nous invite à sortir d'un trop profond sommeil,
Pour estre à nos devoirs fideles,
Il nous excite par ses chants,
Par le battement de ses aîles
A nous rendre plus vigilants.

Il est devenu parmy nous l'une des marques sensibles de la vraye Religion, puisque la pluspart des Eglises Catholiques en ont un sur la pointe de leurs Clochers, pour se distinguer des Temples des Heretiques.

La face du Temple tournée du côté du Soleil levant, presente aux yeux ce que le Roy a fait en faveur de la Religion. Celle qui est tournée au Nord, ce qu'il a fait pour l'Etat. Celle qui regarde le Midy, ce qu'il a fait pour soûtenir sa Dignité Royale. Et celle qui est plantée devant l'Hôtel de Ville, ce qu'il a fait pour Paris.

L'Inscription generale qui regne sur toute la Frize dans les quatre faces & retours, est celle-cy.

REGI LUDOVICO MAGNO P. P. VOTIS PUBLICIS DEVOTA NUMINI MAJESTATIQUE EJUS CIVITAS PARISIENSIS, PIA, FIDELIS, OBSEQUENS, MEMORIS OBSERVANTIÆ MONIMENTUM D. D. C.

C'est à dire que:

La Ville de Paris dévoüée à Dieu, & au service du Roy qui est l'Image de la Majesté Divine, par un sentiment de Pieté, d'Obeïssance & de Fidelité, & pour répondre aux desirs & aux vœux de tous ses Habitans, a consacré à LOUIS LE GRAND, comme au Pere de la Patrie, *qui est le titre que les Romains donnoient à leurs Empereurs, & que ces Princes préferoient à celuy d'Auguste,* ce témoignage public de son Respect & de sa Reconnoissance.

LA PREMIERE FACE de ce Temple destinée à representer ce que le Roy a fait en faveur de la Religion, fait voir dans le premier Bas-relief le Serment du Sacre du Roy, comme le motif principal du zele qu'il a de conserver les droits de la Religion, & pour détruire l'Heresie dans tout son Roïaume. Il en a juré la ruine sur le Livre des Evangiles en presence des Prelats qui firent la Ceremonie de son Sacre, des Pairs & des grands Officiers du Roïaume qui y assisterent. C'est ainsi que le Jeune Annibal jura autrefois sur les Autels la ruine de Rome ennemie de Carthage: mais LOUIS LE GRAND plus heureux que ce Prince, a fait en moins de quatre ans ce que ne put faire ce redoutable Ennemi des Romains. Le mot qui explique ce Bas-relief est tiré du 6. liv. de l'Eneïde de Virgile.

En hæc promissa fides est.

Il est ainsi fidele au serment qu'il a fait.

Dans un autre Bas-relief le Clergé de France luy presente les Bulles des Papes Innocent X. & Alexandre VII. pour faire cesser les disputes sur les opinions de la Grace, qui partageoient les Esprits, & qui pouvoient renouveller les troubles, & les guerres civiles de l'Eglise & des Gens de Lettres. Le Roy autorisant les sacrez Decrets de l'Eglise par la rigueur de ses Edits, donna la Paix au Clergé de France, en imposant silence aux deux Partis. C'est ce que disent ces deux Vers du même Poëte & du 7. de l'Eneïde.

Sic mea me virtus, & sancta Oracula Divûm,
Cognatique patres fatis egere volentem.

Mon

Mon respect & mes soins pour les droits de l'Eglise
Font observer les Loix que le Ciel autorise.

La Démolition du Temple de Charenton fait le sujet du troisiéme Bas-relief, où l'Edit d'Octobre de 1685. est representé par un Foudre à pointes de Fleurs de Lys representé sur le Bas-relief de la Statuë de bronze posée dans l'Hôtel de Ville; & ce Vers de Virgile fait connoître que le Roy a détruit par ce coup de Foudre ce Temple de l'Erreur & du Mensonge.

Ipse dolos tecti ambagesque resolvit. Æneid. 6.

Partisans de l'Erreur vous n'avez plus d'azile.

Les Missionnaires envoyez dans tous les endroits du Roïaume infectez de l'Heresie de Calvin, & jusques dans les Païs les plus reculez de l'Asie, de l'Afrique & de l'Amerique, pour y prêcher l'Evangile de JESUS-CHRIST, font voir que LOUIS LE GRAND merite à juste titre le nom de Roy Tres-Chrêtien, par le zele qu'il a d'étendre le Christianisme jusqu'aux Climats les plus barbares & les plus éloignez de Nous, aprés l'avoir purgé des nouvelles Erreurs & d'un Schisme dangereux. C'est ce qui a tellement répandu les Ecclesiastiques & les Religieux François par tout le Monde, qu'ils sont actuellement dans la Syrie, dans la Perse, dans les Indes, dans le Roïaume de Siam, dans le Tunquin, dans la Chine, dans le Canada, dans les

Iſles de l'Amerique, & qu'ils peuvent dire comme les anciens Troyens échapez de la ruine de leur ville.

Æneïd. 1.

Quæ Regio in Terris noſtris non plena laboris?

Quel Païs ſous le Ciel n'eſt plein de nos travaux?

Les huit Camayeux qui rempliſſent les eſpaces entre les Colonnes, font voir les Blaſphémes punis: les Miniſtres Heretiques chaſſez du Roïaume, & leurs Livres brûlez: des Croix élevées ſur les ruines de leurs Temples: les Abjurations des Heretiques: des Ornemens ſacrez envoyez par la Pieté liberale du Roy au S. Sepulcre de Jeruſalem, & donnez aux Religieux de Saint François, Gardiens de ces Saints Lieux: l'Egliſe de Straſbourg reconciliée & renduë aux Catholiques: l'Edit de Nantes revoqué le 22. d'Octobre 1685. l'Evêché de Quebec en Canada fondé par le Roy pour toute la Nouvelle France.

Le Chiffre du Roy couronné d'Etoiles, & environné de palmes & de rameaux benis de l'Egliſe, couronne la Clef de l'Arcade; & tout au plus haut de l'Attique eſt repreſentée la Fondation de la Maiſon Royale de Saint Cyr, pour l'entretien de trois cent jeunes Demoiſelles, qui reçoivent une inſtruction & une éducation toute Chrêtienne dans le ſein même de la Pieté & de la Religion, qui ſont comme les ſecondes meres de ces jeunes Demoiſelles. C'eſt ce que diſent ces mots de Seneque le Tragique

Felices quibus
Fortuna melior tam bonas matres dedit. Thebaïd. act. 1.

Heureuſes mille fois les Filles deſtinées
A former dans ce Lieu leurs premieres années.

DANS LA SECONDE FACE de ce Temple on découvre les ſoins du Roy à ſoûtenir pour le bien de l'Etat la Dignité de ſa Couronne.

Le premier Bas-relief qui repreſente la Naiſſance de ce Monarque, nous met devant les yeux le cinquiéme jour de Septembre, jour à jamais heureux, auquel le Ciel fit à la France un ſi digne Preſent, & l'Inſcription applique à LOUIS LE GRAND ce que Virgile a dit d'Auguſte.

Divum genus aurea condet
Sæcula. Æneïd. 6.

Que n'attendons-nous pas de ce Preſent des Cieux?

Dans ce ſecond Bas-relief, le Roy auſſi-toſt aprés ſon Mariage ſe charge de la conduite de ſon Roïaume pour le gouverner par luy-même. Il eſt l'Ame de ſon Conſeil, il préſide à toutes les Deliberations, donne ſes ordres à ſes Miniſtres, & tient tout dans le devoir par ſa vigilance, ſon aſſiduité & ſa ſage prévoyance dans les affaires les plus importantes.

Ipſe gubernaclo Rector ſubit, ipſe Magiſter
Cuncta videns animum nunc huc, nunc dividit illuc.

Il tient ſeul le timon, il voit tout par luy-même,
Et partage ſes ſoins aux droits du Diadéme.

L'Etabliſſement du Commerce remplit le troiſiéme Bas-relief, & la France y paroît dans une prodigieuſe abondance de toutes choſes par les richeſſes qui luy viennent de tous les endroits du Monde.

Georg. 1. *Nonne vides croceos ut Tmolus odores,*
India mittit ebur, molles ſua thura Sabæi.

Les Climats étrangers de leurs riches treſors
De mille endroits divers viennent remplir nos Ports.

Les Manufactures établies par tout, font à tout le Roïaume des ſources inépuiſables de biens, excitent l'Induſtrie des François, les mettent en état de ſe paſſer des ſecours des Etrangers, & contribuënt en même temps à la perfection des Arts. C'eſt le ſujet du quatriéme Bas-relief, avec ces Vers.

Nec torpere gravi paſſus ſua Regna veterno,
Vt varias uſus meditando extunderet Artes.

Pour exciter l'ardeur d'un Peuple induſtrieux,
Il fait fleurir les Arts d'un ſoin laborieux.

Le Rétabliſſement de la Navigation n'étoit pas moins neceſſaire à la facilité du Commerce. C'eſt un des ouvrages de ce Regne, auſſi bien que la

Jonction des Mers par le Canal de Languedoc, & les Ports de Cette, de Brest & de Rochefort construits, ouverts & rétablis. Deux Vers de Sidonius Apollinaris font connoître les avantages qui en reviennent à la France.

Sic te dispositam spectantemque undique Portus
Vallatam Pelago Terrarum commoda cingunt.

La Terre & l'Ocean à nos vœux tributaires,
Des biens du Monde entier nous sont dépositaires.

Les huit Camayeux expriment en Images symboliques la Défense des Duels, pour conserver le sang le plus pur du Roïaume: la Reformation des abus qui se commettoient dans l'administration de la Justice, en tranchant le cours des procedures inutiles qui rendoient les affaires immortelles : les Frontieres fortifiées pour la sûreté du repos & de la tranquillité contre les entreprises de nos Ennemis : le Mariage de Monseigneur pour assurer la succession de la Couronne : la Jeunesse élevée aux Exercices Militaires pour fournir des Soldats & des forces toûjours nouvelles à l'Etat : les Conseillers d'Etat & les Intendans envoyez dans les Provinces, pour en connoître les besoins, pour en corriger les abus; & pour y remettre le bon ordre : les Finances reformées, pour empêcher la diversion des deniers & les injustes dépenses : enfin, la Paix donnée à l'Europe au milieu de ses plus grands succez, préferant les interests des Particuliers & le repos de ſes Peuples à ſa propre gloire.

La troisiéme Face deſtinée à faire paroître la grandeur de la Dignité Royale, & ce que le Roy a fait pour en conſerver l'autorité, met ſous les yeux un des plus auguſtes Monumens de la gloire du Roy, par la ſoûmiſſion volontaire de l'Eſpagne qui deſavoüa ſon Ambaſſadeur, le Baron de Vatteville, lequel avoit uſurpé avec violence en Angleterre la préſéance ſur nôtre Ambaſſadeur, le revoqua de ſon Employ, & fit declarer au Roy, en preſence de tous les Ambaſſadeurs, Envoyez & Reſidens des Princes étrangers qui étoient à la Cour de France, qu'elle ne prétendoit pas que ſes Miniſtres diſputaſſent le Pas aux François. Les Eſpagnols s'addreſſant à leur Ambaſſadeur, le Marquis de la Fuente, luy ordonnent de faire leurs excuſes au Roy, & de reconnoître publiquement le Droit qu'il a de les faire préceder par ſes Envoyez dans toutes les Cours du Monde.

Æneïd. 11.

Ipſum obteſtamur, veniamque oramus ab ipſo
Cédat Ius proprium Regi.

Nous ne conteſtons pas un Droit ſi legitime;
Et prétendre le Pas dans nous ſeroit un crime.

Les Ambaſſadeurs de toutes les Nations de la Terre aux pieds du Trône du Roy, Moſcovites, Algeriens, Siamois, Perſans, Turcs, Iroquois, Negres de Guinée, &c. font dans un ſecond Bas-relief une des plus éclatantes preuves de la Grandeur du Roy, dont la reputation des Armes victorieuses, la Magnificence & les Vertus Royales ont rendu le Nom glorieux dans tous les endroits du Monde. C'est ce qu'expriment ces deux Vers de Virgile.

Centum Oratores omni de Gente videmus, *Æneïd. 11.*
Munera portantes, eborisque, aurique talenta.

Par leurs Ambassadeurs cent Peuples differens
Luy rendent leurs respects, & luy font des presens.

Le Bas-relief du Corps Attique represente le Passage du Rhin, qui sera à jamais celebre dans nôtre Histoire, le Roy en Victorieux préside à cette Action si vigoureuse & si hardie, & paroît en Triomphateur de la Hollande subjuguée.

Aspice ut insignis spoliis LODOÏCUS *opimis*
Ingreditur, Victorque viros superеminet omnes.

LOÜIS *Victorieux ne trouve point d'obstacle,*
Et sa moindre action est toûjours un miracle.

Dans un autre Bas-relief, Monseigneur le Duc de Bourgogne fait l'Exercice des Mousquetaires en presence du Roy & de toute la Cour; & les Vers que Virgile a fait pour le Carrousel du petit Ascanius, le representent à la teste des deux Compagnies des Mousquetaires en des termes qui semblent faits expressément pour cette Action.

Agmine partito fulgent, paribusque Magistris, *Æneïd. 5.*

Vna Acies Iuvenum ducit, quem Parvus ovantem,
Nomen Avi referens.

Digne de ſon Ayeul, dont il porte le nom,
Ce jeune Chef préſide à ce double Eſcadron.

Dans le quatriéme Bas-relief, le Roy reçoit avec une tendreſſe la plus genereuſe du monde, le Roy d'Angleterre, la Reine & le Prince de Galles, & leur donne ſes ſoins & ſa protection contre leurs Sujets rebelles. Ces Princes refugiez avec une troupe d'Anglois ſemblent dire au Roy avec Enée dans Virgile.

Æneid. 7. *Conſilio hanc omnes, animiſque volentibus Vrbem*
Afferimur pulſi Regnis, quæ maxima quondam
Extremo veniens Sol aſpiciebat Olympo.

Chaſſez de nos Etats par des Sujets rebelles,
Nous venons, ô Grand Roy, nous mettre ſous tes aîles,
Ne pouvant point trouver de plus ſolide appuy,
Que le ſeul que ton Bras nous promet aujourd'huy.

Les Camayeux repreſentent le Roy à la teſte de ſes Armées, donnant du ſecours à l'Allemagne contre les Turcs, rétabliſſant les Ordres Militaires de Saint Michel & de Saint Lazare, recevant les reſpects & les ſoûmiſſions du Legat, pour la reparation de l'injure faite à un de ſes Ambaſſadeurs, & la ſatisfaction du Doge pour la Republique de Gennes. On voit dans les autres le ſuperbe Bâtiment des

des Invalides pour la retraite des Soldats, que l'âge ou les blessures ont mis hors d'état de servir. Il reçoit MONSIEUR son Frere Unique, qui luy presente les Drapeaux enlevez aux Ennemis en la Bataille de Mont-Cassel & à la Prise de Saint-Omer: & fait les mêmes caresses à MONSEIGNEUR, dont la premiere Campagne & les premieres Armes ont esté si glorieuses par la prise de Philisbourg & de plusieurs autres villes du Palatinat.

LA QUATRIE'ME FACE du Temple, destinée à representer ce que le Roy a fait en faveur de la Ville de Paris, a cinq Bas-reliefs & huit Camayeux, dont les sujets sont: le Retour du Roy à Paris: l'Etablissement de l'Hôpital General pour le soulagement des Pauvres: l'Entrée de la Reine aprés son Mariage: l'Etablissement des Ecoles du Droit François: l'Affaire des Fossez, quand le Roy pouvant profiter des taxes que l'on vouloit faire sur les Proprietaires des maisons bâties sur les anciens fossez de la Ville, & donner son suffrage en sa faveur pour decider le differend, aima mieux se condamner luy-mesme, & conserver les interests des Particuliers: le Pont des Thuilleries bâty des deniers du Roy pour la commodité publique: la Medaille que le Roy a fait fraper, pour marquer la tendresse de ses Peuples, & l'affection qu'il a pour eux: enfin, le dernier represente le Roy qui honore l'Hôtel de Ville de sa presence, lorsqu'aprés avoir rendu graces à Dieu du recouvrement de sa santé dans l'Eglise de Nôtre-Dame de Paris, il fut receu par

Messieurs les Prevost des Marchands & Echevins dans la grande Sale, où il dîna servi par ces Magistrats, Conseillers de Ville, Quarteniers & autres Officiers.

Le premier Bas-relief represente la Ceremonie du Feu de la Saint-Jean, que le Roy alluma avec les Prevost des Marchands & Echevins l'an 1649.

Æneïd. 2.

Ille facem ducens per mœnia clarior ignis
Dat lucem, & latè circum loca sulfure fumant.

LOÜIS *du feu sacré qui brille dans ses yeux,*
Allume dans nos cœurs pour luy de nouveaux feux.

Dans le second Bas-relief on voit la Distribution de Bled & de Pain, qui se fit aux Galeries du Louvre l'an 1662. au temps d'une grande disette, & les Vers du 7. de l'Eneïde rappellent le souvenir des soins de sa Majesté à soulager le Peuple de Paris dans cette disgrace commune à tant de Provinces, où il étendit ses liberalitez.

Æneïd. 7.

Hæc erat illa fames, hæc nos suprema manebat
Exitiis positura modum.

Que l'on peut rendre en nôtre langue par ces deux Vers de Monsieur Quinaut.

Quand nos Champs sans moissons exciterent nos plaintes,
Nôtre Roy fit cesser nos besoins & nos craintes.

Le troisiéme Bas-relief fait voir ce Prince genereux,

dont la Vigilance infatigable s'applique ſans ceſſe à rendre ſes Peuples heureux, ordonnant aux Magiſtrats l'embelliſſement de la Ville de Paris, qu'il a fait ceindre de Ramparts avec de longues Allées d'arbres, pour en faire un Cours magnifique. Toutes ſes Portes ſont autant d'Arcs de triomphe qui conſervent la memoire de ſes Conqueſtes & de ſes grandes Actions, les Ports ouverts, les Quays nouveaux, & les Ruës élargies ſont auſſi des effets de ſes liberalitez.

O fortunati! quorum jam mœnia ſurgunt, Æneïd. I.
Rupibus excidunt ſcenis decora alta futuris.

Heureux nos Habitans! dont les nobles ouvrages
Ont mis les Elemens & les Arts à leurs gages.

Le quatriéme Bas-relief repreſente la Maiſon Royale des Gobelins, que le Roy va viſiter pour y admirer les Ouvrages ſinguliers, que les plus habiles Maîtres dans les Arts y font continuellement en Peinture, Sculpture, Orfévrerie, Pieces de rapport, Tapiſſeries; & voir les Lieux les plus conſiderables de la Ville, la Place des Victoires, la Bibliotheque Royale, &c.

Faſtigia ſuſpicit Vrbis, Æneïd. I.
Artificumque manus inter ſe operumque laborem
Miratur.

LOÜIS *voit de Paris les Places, les Ramparts,*
Cent Ouvrages fameux attirent ſes Regards.

Dans le Bas-relief de l'Attique ſe tient cette Aſſemblée ſi celebre du 20. Mars de l'an 1665. lorſqu'au Louvre dans l'antichambre du Roy, & en la preſence de ſa Majeſté tous les Intereſſez de la Cour & de la Ville en la Compagnie des Indes pour l'établiſſement du Commerce, donnerent leurs ſuffrages pour l'élection des Directeurs de cette Compagnie.

SUR LES QUATRE RETOURS ſont placées les Statuës de la Fidelité, du Reſpect, de la Reconnoiſſance & de la Pieté avec leurs attributs. La Fidelité careſſe un chien. Le Reſpect s'incline, & tient une épée baiſſée, comme font les Soldats quand ils ſaluënt les Princes. La Reconnoiſſance a pour ſymbole une cigogne. La Pieté leve une main & les yeux au Ciel, tandis que de l'autre elle jette de l'encens ſur un Autel.

Quatre Bas-reliefs placez dans les Faces des Pieds-d'eſtaux de ces figures, marquent autant d'actions de Fidelité, de Reſpect, de Reconnoiſſance & de Pieté de la Ville de Paris.

Le premier pour la Fidelité, eſt le Scrutin qui ſe porte tous les ans au Roy, aprés l'élection des Magiſtrats annuels qui ſe fait au mois d'Aouſt. L'Inſcription eſt un Vers du 6. de l'Eneïde.

Nec verò hæc ſine ſorte datæ, ſine Iudice ſedes.

Du choix des Citoyens l'Arbitre ſouverain
Decide de leur ſort, & le met en leur main.

Le second marque les Respects que Messieurs les Prevost des Marchands & Echevins vont tous les ans au nom de toute la Ville rendre au Roy, & à toute la Maison Royale.

Ingentem foribus Domus alta superbis
Manè salutantum totis vomit ædibus undam. Georg. 2.

Loüis d'un air de Pere & d'un abord facile
Reçoit avec plaisir les respects de la Ville.

Le troisiéme fait voir la Fondation du Panegyrique Latin qui se doit faire tous les ans dans l'Université par Monsieur le Recteur, en presence des Magistrats de l'Hôtel de Ville de Paris, comme un hommage annuel de leur Reconnoissance envers sa Majesté. Et ce Vers de Virgile nous apprend que cette Ville conservera éternellement le souvenir des bienfaits qu'elle a receus de son Souverain, & celebrera à perpetuité la gloire de son Nom.

Semper honos, nomenque tuum, laudesque manebunt. Æneid. 1.

Cent riches Monumens, cent éloquens Oracles
D'un Regne si fameux publiront les miracles.

Enfin le quatriéme Bas-relief fait voir les saints empressemens de la Pieté des Parisiens, dont tous les Corps mêmes des Artisans & du Peuple ne cesserent de demander au Ciel la guerison du Roy, & rendirent dans toutes les Eglises de solemnelles Actions de graces, pour le rétablissement d'une santé si precieuse.

Sollicitant votis Superos, Altaria fumant;
Vrbis certa salus, Principis una salus.

Ou ceux-cy de Virgile.

Æneïd. 8. *Maxima tercentum totam Delubra per Vrbem,*
Lætitiâ ludisque viæ, plausuque fremebant,
Omnibus in Templis matrum chorus, omnibus aræ.

Huit Devises accompagnent ces Bas-reliefs, deux pour la Fidelité, deux pour le Respect, deux pour la Reconnoissance, & deux pour la Pieté.

POUR LA FIDELITÉ.

Une Boussole qui se tourne toûjours vers l'Etoile Polaire.

A son Astre fidele.

Un Essain d'Abeilles, avec ces mots de Seneque le Tragique.

Rex velit.

Le Roy n'a qu'à vouloir, nous sommes prests à suivre.

POUR LE RESPECT.

Un Girasol, dont la teste panche vers le Soleil.

Inclinat Reverentia.

Par un profond Respect.

Des Vaisseaux qui baissent le Pavillon devant l'Amiral.

Cui honorem, honorem.

Il faut rendre l'honneur à qui l'honneur est dû.

POUR LA RECONNOISSANCE.

Des Oiseaux qui regardent le Soleil.

Læti cum lumine Solis.

Ils sont gais & contens quand ils peuvent le voir.

Le Soleil naissant & les Etoiles.

Occhi sempre à vederlo.

Leurs yeux ne sont ouverts que pour le regarder.

POUR LA PIETÉ.

Une Orgue.

Vnus omnium spiritus.

D'un même esprit ils sont tous animez.

Une Orgue.

Voces diversæ intonant.

Que de sons differens unissent leurs accords.

Au dessus de chaque Figure est un Bas-relief à la gloire du Roy. En l'un on voit les Medailles des Rois de France les plus illustres, & le Bust du Roy, avec ces mots :

Facta Priorum
Exsuperas.

Vous les surpassez tous.

Dans un autre, la Fortune de la France est posée sur une Colonne que soûtiennent le Roy d'un côté, & Monseigneur le Dauphin de l'autre. Les Medailles des trois Enfans de France, Messeigneurs les Ducs de Bourgogne, d'Anjou & de Berry sont attachées à cette Colonne comme les plus belles esperances de la France ; & ces mots de Virgile font entendre que la France n'a rien à craindre de la Fortune, estant si bien appuyée.

Stat Fortuna Domûs.

Le bonheur de la France est seur en tant de mains.

Le troisiéme Bas-relief fait voir dans le Ciel Saint Charlemagne, Dagobert, Robert, & Clovis qui presentent des Couronnes d'étoiles au Roy, qui étend le bras, & leve l'épée pour la défense des Autels. L'Inscription est de Virgile, & fait le caractere du Regne du Roy sur les exemples des Rois ses Ancestres, dont quelques-uns se sont rendus recommandables par leur Pieté, d'autres par de belles Actions, & d'autres par l'amour de la Justice.

Iustior alter
Æneïd. I. *Nec Pietate fuit, nec bello major & armis.*

Nul

Nul d'entre vos ayeux n'eut jamais tant de gloire,
L'amour de la Iustice & de la Pieté
Ont par de grands exploits suivis de la Victoire,
Consacré vôtre Nom à l'Immortalité.

Dans le quatriéme, la Memoire pour conserver le souvenir des grandes Actions du Roy, les grave en caracteres d'or sur des marbres noirs, pour les placer dans l'Hôtel de Ville. Aussi promet-elle par ces mots du 4. de l'Eneïde, d'achever l'ouvrage qu'elle a commencé.

Quæ ritè incœpta paravi
Perficere est animus.

D'un Burin éternel je prétens pour sa gloire
Graver ses Actions au Temple de Memoire.

Au dedans du Temple on découvre les Statuës de quatre Vertus Royales, de la Sagesse, de la Valeur, de la Justice & de la Magnificence, qui ont leurs Attributs comme les Figures du dehors. La Sagesse tient un Sceptre surmonté d'un œil. La Justice tient d'une main le Code nouveau, & montre que c'est l'ouvrage du Roy, tandis que de l'autre main elle s'appuye sur un faisseau d'armes. La Valeur est armée. Et la Magnificence répand des tresors, & fait voir les Plans de Versailles, du Louvre & des autres Maisons Royales.

Elles ont chacune une Deviſe.

LA SAGESSE.

Une Bouſſole.

Attentè & intentè.

Avec attention & toûjours appliquée.

LA VALEUR.

Un Foudre.

Non imitabile robur.

D'une force aux humains toûjours inimitable.

LA JUSTICE.

Des Niveaux, des Compas, des Regles.

Rectum ubique & æquum.

Tout eſt juſte & reglé ſous ſa ſage conduite.

LA MAGNIFICENCE.

Une Façade de Bâtiment de trois Ordres.

Se quantis attollit rebus?

Que tout y paroît grand, ſuperbe & magnifique?

Huit Trophées entre les Pilaſtres marquent les Victoires remportées ſur autant de Nations. Sur les

Turcs, en la Journée de Saint Godard. Sur les Algeriens. Sur les Iroquois dans le Canada. Sur les Espagnols. Sur les Allemans. Sur les Hollandois. Sur les Flamans. Sur les Francs-Comtois. Avec ces mots à l'imitation des Medailles antiques.

DE ODRYSIIS.

DE NUMIDIS.

DE IROQUÆIS.

DE IBERIS.

DE GERMANIS.

DE BATAVIS.

DE BELGIS.

DE SEQUANIS.

Huit grandes Cassolettes posées sur des Scabelons, accompagnent ces Trophées, & sont autant de Parfums du Temple de l'Honneur, semblables à ceux qu'Orphée Poëte Grec a offerts à ses Dieux, aux Vertus, & aux belles qualitez des Heros.

Ce sont les Parfums du Conseil, de la Justice, de la Victoire, des Graces, de la Santé, de Mars, du Foudroyant & de la Paix.

ΘΥΜΙΑΜΑ ΔΙΚΗΣ.

ΘΥΜΙΑΜΑ ΔΙΚΑΙΟΣΥΝΗΣ.

ΘΥΜΙΑΜΑ ΝΙΚΗΣ.

ΘΥΜΙΑΜΑ ΚΑΡΙΤΩΝ.

ΘΥΜΙΑΜΑ ΥΓΕΙΑΣ.

ΘΥΜΙΑΜΑ ΑΡΕΩΣ.

ΘΥΜΙΑΜΑ ΚΕΡΑΥΝΙΟΥ.

ΘΥΜΙΑΜΑ ΕΙΡΗΝΗΣ.

Sur ce Corps Attique, de petits Genies attachent des Trophées à des Arbres. A un Chesne & à un Peuplier, des Trophées de Reconnoissance. A un Laurier & à un Grenadier, des Trophées de Valeur & de Grandeur Royale. A un Palmier & à un Pescher, des Trophées de Pieté & de Religion. A un Platane & à un Olivier, des Trophées de Paix & de Protection des Arts.

La Renommée qui n'est occupée depuis tant d'années qu'à porter par tout le Monde la gloire de LOUIS LE GRAND, est au plus haut du Temple sur le globe de la Terre. D'une main elle tient sa Trompette, qu'elle enfle de toutes ses forces : & de l'autre elle tient un Signe militaire à l'antique, dont le sommet est l'Image du Soleil, au dessous est le Buste du ROY dans une guirlande de Lauriers avec une Echarpe volante, sur laquelle on lit :

Totus quem suspicit Orbis.

Tout l'Univers ne regarde que luy.

FIN.

Page 5. *ligne* 28. soixante pieds de hauteur, *lisez* soixante & douze pieds de hauteur.

EXTRAIT DU PRIVILEGE du Roy.

PAR grace & Privilege du Roy, donné à Versailles le 23. May 1689. scellé & signé, par le Roy en son Conseil BOUCHER : Il est permis au sieur BEAUSIRE, Architecte de nostre bonne Ville de Paris, au sujet de la Figure Pedestre que les Sieurs Prevost des Marchands & Echevins d'icelle doivent Nous élever sur un Pied-d'estail qu'ils feront poser dans la Cour de l'Hôtel de nôtredite Ville de Paris, de faire imprimer en tel volume, marge & caractere qu'il jugera à propos, graver, faire vendre & debiter par tel Imprimeur qu'il voudra choisir : *Un Discours qu'il a fait faire en forme de Relation, contenant l'ordre qui sera tenu à la Ceremonie de la Position de ladite Figure Pedestre, avec l'Explication des Bas-reliefs, Trophées, Devises, Armes, & autres Ornemens estant tant sur les quatre Faces qu'au dedans de la Decoration du Feu d'Artifice élevé devant ledit Hôtel de Ville, representant le Temple de l'Honneur, sur & au dedans duquel seront representées plusieurs Conquestes & Victoires par Nous remportées sur nos Ennemis, & autres Actions de nôtre Regne, dont plusieurs sont déja gravées sur des Tables de Marbre au Pourtour de la Cour dudit Hôtel de Ville*, & ce durant le temps & espace de huit années entieres & consecutives, à commencer du jour qu'il sera achevé d'imprimer pour la premiere fois, avec deffenses à tous Imprimeurs & Libraires, Graveurs & autres Personnes de quelque qualité & condition qu'elles soient, de l'imprimer, graver, vendre & debiter, sans la permission dudit BEAUSIRE, ou de ses Ayans-cause, à peine de confiscation des Exemplaires contrefaits, des Planches & Presses qui y auront servi, & de trois mil livres d'amende, comme il eſt porté plus au long dans ledit Privilege.

Regiſtré ſur le Livre de la Communauté des Marchands-Libraires & Imprimeurs de cette Ville de Paris, le 21. Juin 1689.

Signé, J. B. COIGNARD, Scyndic.

Et ledit ſieur BEAUSIRE a choiſi CHARLES CAILLOU, Imprimeur & Marchand-Libraire, pour l'Impreſſion & la Vente dudit Diſcours, &c. ſuivant l'accord fait entr'eux.

Achevé d'imprimer pour la premiere fois le 28. Juin 1689.

AVIS.

MESSIEURS les Prevoſt des Marchands & Echevins de la Ville de Paris ont cedé au ſieur BEAUSIRE le Privilege du Roy qu'ils ont obtenu le 3. Février 1689. par lequel il eſt fait deffenſes à tous Graveurs & autres de graver & faire graver la Figure du Roy, qu'ils doivent faire poſer en la Cour de l'Hôtel de ladite Ville, & tous ſes Attributs, à peine de 1500. livres d'amende, & de tous dépens, dommages & intereſts, & ce pendant l'eſpace de douze années, comme il eſt plus amplement porté par ledit Privilege. Ladite Figure paroîtra dans peu.

De l'Imprimerie d'ETIENNE CHARDON.

www.ingramcontent.com/pod-product-compliance
Ingram Content Group UK Ltd.
Pitfield, Milton Keynes, MK11 3LW, UK
UKHW021205230726
13926UKWH00001B/320

9 782014 468755